I'M NOBODY! WHO ARE YOU?

A LITTLE VOLUME OF POETRY
BY EMILY DICKINSON

川名 澄 編訳

わたしは誰でもない

エミリ・ディキンスンの小さな詩集

風媒社

わたしは誰でもない

エミリ・ディキンスンの小さな詩集

I'M NOBODY! WHO ARE YOU?

A LITTLE VOLUME OF POETRY BY EMILY DICKINSON

川名 澄〔編訳〕

目次

I'm Nobody! Who are you?

（ディキンスンの筆蹟）

Who are you?

F28, J21 (1858)

We lose - because we win -

Gamblers - recollecting which -

Toss their dice again!

負けるのは　勝つからだ
賭博師は　それを思い出しながら
ふたたび骰子《ダイス》を振るのだ

Who are you?

F32, J12 (1858)

The morns are meeker than they were -
The nuts are getting brown -
The berry's cheek is plumper -
The Rose is out of town.

The maple wears a gayer scarf -
The field a scarlet gown -
Lest I sh'd be old fashioned
I'll put a trinket on.

朝がいつになくおとなしやかになり
木の実はだんだん茶色に変わる
果実は頬がふくよかになり
薔薇は町からいなくなる

楓の木は派手なスカーフをあしらい
野辺は緋色のガウンを身にまとう
わたしも取り残されないように
なにかアクセサリーをつけよう

＊季節は秋。

Who are you?

F64, J47(1859)

Heart! We will forget him!
You and I - tonight!
You may forget the warmth he gave -
I will forget the light!

When you have done, pray tell me
That I may straight begin!
Haste! lest while you're lagging
I remember him!

Hurry!

心よ　あのひとを忘れよう
おまえもわたしも　今夜こそは
おまえはあのひとのぬくもりを忘れて
わたしは輝きを忘れるわ

おまえがやってのけたら　どうか教えて
わたしがすぐに始められるように
さあ早くして　おまえがためらっていると
あのひとを思い出してしまうよ

＊片思いの相手は秘密。

F93, J135 (1859)

Water, is taught by thirst.

Land - by the Ocean passed.

Transport - by throe -

Peace - by its battles told -

Love, by Memorial Mold -

Birds, by the Snow.

水は　渇きが教えてくれる
陸地は　航海が教えてくれる
歓喜は　劇痛が
平和は　戦争の話が
愛情は　かたみが
鳥たちは　雪が

F113, J111(1859)

The Bee is not afraid of me.

I know the Butterfly -

The pretty people in the Woods

Receive me cordially -

The Brooks laugh louder when I come -

The Breezes madder play;

Wherefore mine eye thy silver mists,

Wherefore, Oh Summer's Day?

蜂はわたしを怖がっていない
蝶は顔見知りになっている
森のかわいらしい住人たちが
わたしを気やすく迎えてくれる

せせらぎは笑い声をたてる　わたしが近づくと
そよ風は浮かれてはしゃぐよ
どうして　あなたの銀色がわたしの目をかすませる
どうして　ああ　夏の日よ

Who are you?

F144, J77 (1860)

I never hear the word "Escape"
Without a quicker blood,
A sudden expectation -
A flying attitude!

I never hear of prisons broad
By soldiers battered down,
But I tug childish at my bars
Only to fail again!

「逃げる」ということばを聞くと
わたしはいつでも血がたぎる
思いがけない期待にあふれて
舞いあがりそうになる

だだっ広い牢獄をぶちこわした
兵士たちの話を聞くと　いつでも
わたしはこどもみたいに檻を揺らす
だけど失敗　またしても

＊ディキンスンは厳格な父に息苦しさを感じながら思春期を過ごした。

F152, J107 (1860)

’Twas such a little - little boat
That toddled down the bay!
’Twas such a gallant - gallant sea
That beckoned it away!

’Twas such a greedy, greedy wave
That licked it from the Coast -
Nor ever guessed the stately sails
My little craft was *lost*!

入り江をよちよち下っていったのは
ちいさな　ちいさなボートでした
おいでおいでと誘いこんだのが
いさましい　いさましい海でした

岸辺からそれをひと呑みにしたのは
がつがつ　がつがつした波でした
わたしのちいさなボートがいなくなるなんて
おおきな船たちは考えてもいませんでした

F202, J185 (1861)

"Faith" is a fine invention

For Gentlemen who *see*!

But Microscopes are prudent

In an Emergency!

「信仰」はすばらしい発明品です
よくお判りの皆様には
けれども顕微鏡でお確かめください
まさかのときには

＊当時の宗教復興運動の大衆的な熱狂に違和感をおぼえた。

Who are you?

F203, J210 (1861)

The thought beneath so slight a film -

Is more distinctly seen -

As laces just reveal the surge -

Or Mists - the Appenine -

オブラートに包まれた思いつきなんて
ますます透けて見えるものだ
まるでレースの縁取りが浮きあがっていたり
アペニンの山が　靄《もや》でぼやけているようだ

＊アペニンはイタリア半島の山脈。ディキンスンは海外に行ったことがない。

F219, J162 (1861)

My River runs to Thee -

Blue Sea - Wilt welcome me?

My River waits reply.

Oh Sea - look graciously!

I'll fetch thee Brooks

From spotted nooks -

Say Sea - take me?

わたしの川はあなたへとながれる
あおい海よ　むかえてくれる？

わたしの川はこたえをまっていて
ねえ海よ　やさしくみつめて

わたしがせせらぎをあつめてくるから
みいだされた片隅から

さあ海よ　うけとめてくれる？

＊愛するひとへの呼びかけ。

F220, J189 (1861)

It's such a little thing to weep -
So short a thing to sigh -
And yet - by Trades - the size of *these*
We men and women die!

泣くなんてちっぽけなこと
ため息つくのはわずかなあいだ
でも　かけひきが　度を越すと
男と女は死ぬものだ

Who are you?

F260, J288 (1861)

I'm Nobody! Who are you?
Are you - Nobody - too?
Then there's a pair of us!
Don't tell! they'd advertise - you know!

How dreary - to be - Somebody!
How public - like a Frog -
To tell one's name - the livelong June -
To an admiring Bog!

I'm nobody!

わたしは誰でもない　あなたは誰ですか
あなたも　名無しさん　ですか
それなら似た者どうしだわ
秘密にしてね　みんなにいいふらされるから

お偉いさん　になるなんて　うんざり
おおっぴらですよ　蛙みたいに
名前をとなえつづけるなんて　六月のあいだ
ほめてくれる泥沼なんかに

Who are you?

F261, J245 (1861)

I held a Jewel in my fingers -
And went to sleep -
The day was warm, and winds were prosy -
I said“ ’Twill keep”-

I woke - and chid my honest fingers,
The Gem was gone -
And now, an Amethyst remembrance
Is all I own -

わたしは宝石をひとつ握りしめて
眠りについた
その日はあたたかく　風はけだるくて
わたしは「もう離さない」といった

目が覚めて　わたしは愚直な手をしかる
宝石は消えていた
だからいま　わたしが持っているのは
アメシストの記憶だけだ

＊アメシストは紫色の水晶。

F278, J1212 (1862)

A word is dead
When it is said,
Some say.
I say it just
Begins to live
That day.

口にだしていうと
ことばが死ぬと
ひとはいう
まさにその日から
ことばは生きると
わたしがいう

Where are you?

F296, J265 (1862)

Where Ships of Purple - gently toss -
On Seas of Daffodil -
Fantastic Sailors - mingle -
And then - the Wharf is still!

紫の船影が　おだやかに揺れている
喇叭水仙《ラッパズイセン》の海です
幻の水夫らは　てんてこ舞い
そのとき　波止場はしんとしています

*ラッパズイセンの花は黄色。内側の副花冠が筒状に突き出ている。

Who are you?

F339, J241 (1862)

I like a look of Agony,
Because I know it's true -
Men do not sham Convulsion,
Nor simulate, a Throe -

The Eyes glaze once - and that is Death -
Impossible to feign
The Beads upon the Forehead
By homely Anguish strung.

苦悶のまなざしが好き
ほんとうのことがわかるから
人びとは痙《けい》攣《れん》をよそおうことも
劇痛を演じることもないから

目がどんよりしてきたら　それは死
いつわることは不可能
ありふれた苦悩がもたらす
額の大粒の汗を

F487, J764 (1862)

Presentiment - is that long shadow - on the Lawn -
Indicative that Suns go down -

The notice to the startled Grass
That Darkness - is about to pass -

予感とは　影が　芝生に伸びて
日没を示して
おどろいている草に告げること
暗闇が　通りすぎるよと

Who are you?

F519, F441 (1863)

This is my letter to the World
That never wrote to Me -
The simple News that Nature told -
With tender Majesty

Her Message is committed
To Hands I cannot see -
For love of Her - Sweet - countrymen -
Judge tenderly - of Me

これは手紙をいただいたことのない世界に
わたしが書いた手紙です
やさしくおごそかに
自然が話してくれた素朴な便りです

自然のことづけを
わたしがお目にかかることのできない手に委ねます
自然を愛すればこそ　どうか　みなさん
わたしを　やさしく裁いてください

Who are you?

F588, J536 (1863)

The Heart asks Pleasure - first -
And then - Excuse from Pain -
And then - those little Anodynes
That deaden suffering -

And then - to go to sleep -
And then - if it should be
The will of its Inquisitor
The privilege to die -

とりあえず　心は快楽を欲しがる
それから　痛みを避けることを
それから　苦しみをやわらげる
あのささやかな鎮痛剤を

それから　眠りにつくことを
それから　もしかして
審問官の意向だとしたら
死ぬ権利を

Who are you?

F760, J650 (1863)

Pain - has an Element of Blank -
It cannot recollect
When it begun - or if there were
A time when it was not -

It has no Future - but itself -
Its Infinite contain
Its Past - enlightened to perceive
New Periods - of Pain.

痛みは　空白の要素をもっている
それがいつから始まったか
思い出すことはできない　あるいは
かつてそれのないときがあったかを

痛みは未来をもたないが　そこにあるのだ
その果てしなさには
その過去が含まれていて　知らせようとする
痛みの　あたらしい周期を

F800, J1052 (1864)

I never saw a Moor.
I never saw the Sea -
Yet know I how the Heather looks
And what a Billow be -

I never spoke with God
Nor visited in Heaven -
Yet certain am I of the spot
As if the Checks were given -

わたしは荒野を見たことがない
わたしは海を見たことがない
けれども知っている　ヒースの色あいを
大波の激しさだって

わたしは神さまと話したことがない
天国を訪ねたこともない
けれども場所をよく知っている
まるで調べておいたみたいに

Who Are You?

F805, J1096 (1864)

These Strangers, in a foreign World,
Protection asked of me -
Befriend them, lest yourself in Heaven
Be found a Refugee -

見ず知らずの人びとが　異なる世界から
わたしに助けをもとめています
かれらの味方になりなさい　あなたも天国では
難民なのかもしれませんよ

＊時あたかもアメリカは南北戦争（一八六一―六五）の渦中にあった。

Who are you?

F806, J994 (1864)

Partake as doth the Bee -
Abstemiously -
A Rose is an Estate
In Sicily -

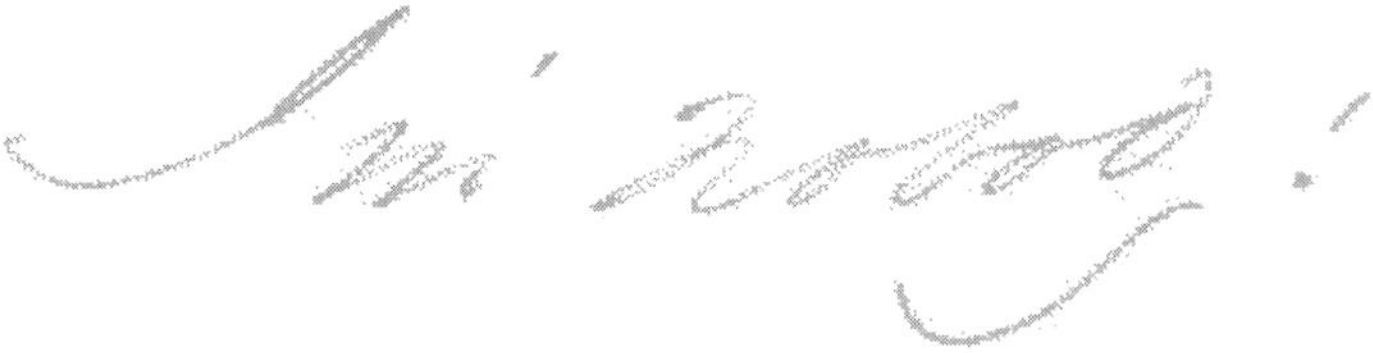

ほどほどに召しあがれ
蜜蜂を見倣って
シチリア島なら
薔薇は財産ですって

＊花束にそえて贈られた四行詩。

Who Are You?

F814, J832 (1864)

Soto! Explore thyself!
Therein thyself shalt find
The "Undiscovered Continent" -
No Settler had the Mind.

ソトよ　汝自身を探検せよ
そのなかにこそ発見するはずだ
その「人跡未踏の大陸」とやらを
心を開拓した者はいないのだ

*エルナンド・デ・ソト（一四九六―一五四二）は、ミシシッピ川を「発見」したスペイン人の探検家。

Who are you?

F884, J781 (1864)

To wait an Hour - is long -
If Love be just beyond -
To wait Eternity - is short -
If Love reward the end -

一時間待つのは　長い
恋がすぐ向こう側にあるなら
永遠に待つのは　短い
恋が最後に報われるものなら

Who are you?

F892, J1066 (1865)

Fame's Boys and Girls, who never die

And are too seldom born -

名声を博する少年少女は　不老不死であり
ごくまれにしか生まれません

Who are you?

F926, J875 (1865)

I stepped from Plank to Plank
A slow and cautious way
The Stars about my Head I felt
About my Feet the Sea -

I knew not but the next
Would be my final inch -
This gave me that precarious Gait
Some call Experience -

わたしは踏板を一枚ずつ
のろのろと用心して渡った
頭のまわりに星空を
足のまわりに海を感じていた

わたしは知らなかった
あと一枚で終わりだなんて
こうしてあの不安定な歩みをおぼえた
それを経験と呼ぶひともいる

F930, J883 (1865)

The Poets light but Lamps -
Themselves - go out -
The Wicks they stimulate -
If vital Light

Inhere as do the Suns -
Each Age a Lens
Disseminating their
Circumference -

詩人はランプをともすだけ
みずからは　消えるが
炎の芯を燃やす
もしもいのちの光が

太陽のように輝くなら
いつの時代もレンズとなって
照らしだすだろう
周辺まで

＊詩による詩論。

F931, J884 (1865)

An Everywhere of Silver
With Ropes of Sand
To keep it from effacing
The Track called Land -

あたりいちめんの銀色
砂のロープで囲んでおき
消されぬようにしてある
陸地と名づけた痕跡

＊なぞなぞ。答えは「海」。

Who are you?

F951, F809 (1865)

Unable are the Loved to die
For Love is Immortality,
Nay, it is Deity -

Unable they that love - to die
For Love reforms Vitality
Into Divinity.

愛される人びとは死ぬことができない
なぜなら愛は不滅だから
いいえ　愛は神だから

愛する人びとは　死ぬことができない
なぜなら愛は活力を高めるから
神に変えてしまうから

Who are you?

F980, J917 (1865)

Love - is anterior to Life -
Posterior - to Death -
Initial of Creation, and
The Exponent of Earth -

愛とは　いのちよりもまえに
死よりも　あとにあるもの
森羅万象の頭文字　そして
うつし世を解き明かすもの

Who Are You?

F982, J919 (1865)

If I can stop one Heart from breaking
I shall not live in vain
If I can ease one Life the Aching
Or cool one Pain

Or help one fainting Robin
Unto his Nest again
I shall not live in vain.

ひとつの心がこわれるのを止められるなら
わたしが生きることは無駄ではない
ひとつのいのちのうずきを軽くできるなら
ひとつの痛みを鎮められるなら

弱っている一羽の駒鳥《ロビン》を
もういちど巣に戻してやれるなら
わたしが生きることは無駄ではない

＊アメリカで単にロビンといえば、いわゆるヨーロッパコマドリ（ロビン）ではなくてコマツグミ（アメリカンロビン）のことを指す。

F1001, J1001 (1865)

The Stimulus, beyond the Grave
His Countenance to see
Supports me like imperial Drams
Afforded Day by Day.

薫陶を　葬ることはできない
あのひとの顔がみえる
日ごと味わう美酒のように
わたしをささえている

F1005, J1005 (1865)

Bind me - I still can sing -

Banish - my mandolin

Strikes true, within -

Slay - and my Soul shall rise

Chanting to Paradise -

Still thine.

わたしを縛りなさい　それでも歌うことができる
追放しなさい　わたしのマンドリンは
心のなかで　真実をかき鳴らす

殺してごらん　わたしのたましいは
歌いながら天国に昇ってゆくわ
それでもあなたのもの

Who are you?

F1040, J1028 (1865)

'Twas my one Glory -

Let it be

Remembered

I was owned of Thee -

それはわたしのただひとつのよろこび
ずっと
おぼえていたいの
わたしはあなたのものであったと

Who are you?

F1094, J887 (1865)

We outgrow love, like other things
And put it in the Drawer -
Till it an Antique fashion shows -
Like Costumes Grandsires wore.

恋が要らなくなると　持ち物のように
それを引き出しにしまう
先人たちが身につけた衣裳のように
年代物になってしまうまで

F1108, J1078 (1865)

The Bustle in a House
The Morning after Death
Is solemnest of industries
Enacted upon Earth -

The Sweeping up the Heart
And putting Love away
We shall not want to use again
Until Eternity -

ある家のざわめき
ご臨終の夜が明けて
いちばん厳粛なひとときです
この世のいとなみで

心の掃き掃除
愛情のあとかたづけなんて
もう二度とごめんです
来世まで

F1167, J1215 (1870)

I bet with every Wind that blew
Till Nature in chagrin
Employed a Fact to visit me
And scuttle my Balloon -

わたしは折々に吹いた風に乗って往きます
自然が悔しがり
避けられない現実を手先につかって
わたしの気球に穴をあけないかぎり

Who are you?

F1180, J1222 (1870)

The Riddle we can guess
We speedily despise -
Not anything is stale so long
As Yesterday's surprise -

なぞなぞがとける
もうばかにする
こないだのびっくり
なによりしらける

Who are you?

F1192, J1163 (1870)

God made no act without a cause -

Nor heart without an aim -

Our inference is premature,

Our premises to blame.

神のおこないにはかならず理由があり
胸のうちにも目的があった
わたしたちの結論はせっかち
わたしたちの前提がいけなかった

F1193, J1250 (1871)

White as an Indian Pipe
Red as a Cardinal Flower
Fabulous as a Moon at Noon
Febuary Hour -

銀龍草擬《ギンリョウソウモドキ》のように白い
紅花沢桔梗《ベニバナサワギキョウ》のように真っ赤な
真昼の月のように信じられぬ
二月のひとときかな

＊ギンリョウソウモドキは暗い林などに生える腐生植物。白い花が咲くとパイプのかたちになる。
ベニバナサワギキョウは湿地に育つ多年草。あざやかな紅い花をつける。ともに北米産。

Who are you?

F1205, J1193 (1871)

All men for Honor hardest work
But are not known to earn -
Paid after they have ceased to work
In Infamy or Urn -

人はみな名誉をかけて働くよ　がむしゃら
だけど報酬のことは知らされないで
お支払いは　仕事がすっかりかたづいてから
悪評または骨壺で

F1248, J1190 (1872)

The Sun and Fog contested
The Government of Day -
The Sun took down his Yellow Whip
And drove the Fog away -

太陽と霧があらそった
昼の縄張り
太陽が黄色い鞭をふるって
退散させた霧

Who are you?

F1250, J1234 (1872)

If my Bark sink
'Tis to another Sea -
Mortality's Ground Floor
Is Immortality -

わたしの小舟が沈むなら
そこはもうひとつの海です
死ぬことの第一段階
それは永遠を生きることです

＊前半の二行は、ユニテリアン派の牧師ウィリアム・エラリー・チャニング（一八一八—一九〇一）の詩「ある詩人の望み」"A Poet's Hope"からの引用。

Who are you?

F1263, J1129 (1872)

Tell all the truth but tell it slant -

Success in Circuit lies

Too bright for our infirm Delight

The Truth's superb surprise

As Lightning to the Children eased

With explanation kind

The Truth must dazzle gradually

Or every man be blind -

真実をすべて語りなさい　でも斜めに語りなさい
成功はまわり道にある
真実のすばらしい驚きは
わたしたちのひ弱な歓びにはまぶしすぎる
やさしく説明してあげると
稲妻がこどもたちを落ち着かせられるように
真実はゆっくりと輝かなければならない
人びとの目をくらませないように

＊言語表現についての信条。

F1286, J1263 (1873)

There is no Frigate like a Book

To take us Lands away

Nor any Coursers like a Page

Of prancing Poetry -

This Traverse may the poorest take

Without oppress of Toll -

How frugal is the Chariot

That bears the Human Soul -

はるかな国へと連れてゆくなんて
本のような帆船はない
跳ねまわっている詩の
ページのような駿馬はいない
これなら通行税もかからなくて
赤貧の人びとが往来できる
なんという質素な馬車が
人間のたましいを運んでいるのだろう

＊日々の読書は心の糧。キーツやエマスンの詩、シェイクスピアの戯曲、ブロンテ姉妹やジョージ・エリオットの小説などを読みふけった。

F1290, J1292 (1873)

Yesterday is History,
'Tis so far away -
Yesterday is Poetry -
'Tis Philosophy -
Yesterday is mystery -
Where it is Today
While we shrewdly speculate
Flutter both away

昨日は歴史
それはずいぶん遠くにある
昨日は詩
それは哲学である
昨日は神秘
どこに今日がある
そつなく考えているあいだに
どちらも羽ばたいて去る

F1371, J1336 (1875)

Nature assigns the Sun -

That - is Astronomy -

Nature cannot enact a Friend -

That - is Astrology.

自然は太陽をつかさどる
それが　天文学です
自然は友になってくれない
それが　占星術です

Who are you?

F1390, J1365 (1876)

Take all away -
The only thing worth larceny
Is left - the Immortality -

まるごと持っていけ　泥棒めが
またとないお宝が
残っているぞ　永遠が

Who are you?

F1400, J1373 (1876)

The worthlessness of Earthly things
The Ditty is that Nature Sings -
And then - enforces their delight
Till Synods are inordinate -

この世の雑事は取るに足らない
自然はつかの間の歌をうたい
ひとは快楽をほしいままにする
だから宗教会議が長くなる

F1451, J1406 (1877)

No Passenger was known to flee -

That lodged a Night in memory -

That wily - subterranean Inn

Contrives that none go out again -

思い出のなかに一夜の宿を借りると
だれもが居ついてしまう旅びと
だれも知らない宿屋のしたたかさ
お客はもう二度と帰さないさ

Who are you?

F1463, J1403 (1878)

My Maker - let me be
Enamored most of thee -
But nearer this
I more should miss -

かみさま　おねがい
わたしをとりこにしてください
でも　ちかづくと　いっそう
さびしさがつのりそう

F1465, J1439 (1878)

How ruthless are the gentle -

How cruel are the kind -

God broke his contract to his Lamb

To qualify the Wind -

I'm sorry!

なんて無慈悲だろう　育ちのいい人たち
なんて残酷　心のやさしい人たちって
神さまは子羊と結んだ契約を踏みにじった
風をやわらげられなくて

＊神の子羊とはイエス・キリストのこと。

F1491, J1472 (1879)

To see the Summer Sky
Is Poetry, though never in a Book it lie-
True Poems flee -

夏のそらがみえる
それが詩である　本なんかにないのである
まことの詩は逃げる

＊わずか三行の詩論。逃げる詩を追いかけるのが詩人の属性。

F1498, J1458 (1879)

Time's wily Chargers will not wait
At any Gate but Woe's -
But there - so gloat to hesitate
They will not stir for blows -

時間のずる賢い馬は待ってくれない
だが　苦悩の関門だけはちがう
そこにさしかかると　嘲笑い　ためらい
突撃する気配すら見せないだろう

F1503, J1469 (1879)

If wrecked upon the Shoal of Thought
How is it with the Sea?
The only Vessel that is shunned
Is safe - Simplicity -

物思いにふけって座礁するとしたら
海って　どんなだい？
安心して船で渡りたいなら
単純　であるしかない

Who are you?

F1504, J1470 (1879)

The Sweets of Pillage, can be known
To no one but the Thief -
Compassion for Integrity
Is his divinest Grief -

掠奪の楽しみ　を知っているとしたら
それは兇賊だけだ
正直を憐れむことが
兇賊のどうしようもない悲しみだ

Who are you?

F1546, J1523 (1881)

We never know we go when we are going -
We jest and shut the Door -
Fate - following - behind us bolts it -
And we accost no more -

わたしたちは知らないうちに去ってゆくもの
わたしたちはたわむれにドアを閉める
運命が　ぴったりついてきて　閂《かんぬき》をおろすと
もう話しかける気がしなくなる

F1557, 1771 (1881)

How fleet - how indiscreet an one -

How always wrong is Love -

The joyful little Deity

We are not scourged to serve -

なんてすばやい　なんて分別がないもの
なんて間違いだらけ　恋はいつもそう
楽しそうなちいさな神に
わたしたちは苦もなくしたがう

F1575, J1539 (1882)

Now I lay thee down to Sleep -

I pray the Lord thy Dust to keep -

And if thou live before thou wake -

I pray the Lord thy Soul to make -

さあ　あなたをよこたえてねむりにつかせよう
あなたのなきがらをかみさまがおまもりくださいますよう
もしもあなたがいきるならば　めをさますまえに
あなたのたましいをかみさまがおつくりくださいますように

F1593, J1587 (1882)

He ate and drank the precious Words -
His Spirit grew robust -
He knew no more that he was poor,
Nor that his frame was Dust -
He danced along the dingy Days
And this Bequest of Wings
Was but a Book - What Liberty
A loosened spirit brings -

あのひとは珠玉のことばを咀嚼《そしゃく》しました
その心はたくましく育ちました
あのひとはもはや自分が貧しいことも
からだが塵であることも忘れていました
あのひとは薄汚れた日々を踊りつづけました
そしてこの天使の翼のかたみが
たった一冊の本でした　なんという自由を
心の飛翔がもたらすことでしょうか

＊「からだが塵であること」は『創世記』二・七を参照のこと。

F1604, J1590 (1883)

Not at Home to Callers

Says the Naked Tree -

Jacket due in April -

Wishing you Good Day -

お客さんはおことわり
はだかになった樹がいう
お仕立て上がりは四月
じゃあ　ごきげんよう

Who are you?

F1606, J1768 (1883)

Lad of Athens, faithful be
To Thyself,
And Mystery -
All the rest is Perjury -

アテナイの若者よ　汝自身に
忠実でいなさい
そして神秘に
その他はすべていつわりであるゆえに

＊アテナイは古代ギリシアの都市国家。パルテノン神殿がある。

F1609, J1544 (1883)

Who has not found the Heaven - below -
Will fail of it above -
For Angels rent the House next ours,
Wherever we remove -

この世にいて　天国を見いださなければ
あの世でも見つからないはずだ
わたしたちがどこへ引越したところで
天使たちは隣りの家を借りるからだ

Who are you?

F1612, J1583 (1883)

Witchcraft was hung, in History,

But History and I

Find all the Witchcraft that we need

Around us, Every Day -

魔法は　歴史的に決着していないけれど
歴史もわたしも
必要な魔法ならすべて見つけている
身のまわりに　毎日でも

＊一七世紀のニューイングランドではピューリタン（清教徒）による魔女裁判がおこなわれた。

F1614, J1578 (1883)

Blossoms will run away -

Cakes reign but a Day,

But Memory like Melody,

Is pink eternally -

Spring!

花ざかりは逃げ足がはやい
ケーキは一日しかもたない
だけど思い出は音楽みたい
ピンク色があせない

*ディキンスンはガーデニングと料理を好んだ。こどもの頃にピアノと声楽を習った。練習に使用した楽譜が残っている。

F1628, J1594 (1883)

Immured in Heaven!
What a Cell!
Let every Bondage be,
Thou sweetest of the Universe,
Like that which ravished thee!

天国に捕らわれるなんて
独房よね
ありとあらゆる束縛に
世界でいちばん愛しいあなたよ
あなたが魅せられていますように

＊八歳で亡くなった甥トーマス・ギルバートを偲んで書いた。ディキンスンはこどもが好きだった。

F1647, J1619 (1884)

Not knowing when the Dawn will come,

I open every Door,

Or has it Feathers, like a Bird,

Or Billows, like a Shore -

いつになったら夜明けが来るかわからなくて
わたしが開けている　すべての扉
夜明けには　鳥のように翼があったり
岸辺のように波があるかしら

*のちに「夜明け」を「あのひと」に置き換えて友人ヘレン・ハント・ジャクスン（一八三〇―一八八五）の死を悼んだ。

F1661, J1613 (1884)

Not Sickness stains the Brave,

Nor any Dart,

Nor Doubt of Scene to come,

But an adjourning Heart -

勇者は傷つかない　病気になろうと
矢を投げかけられたり
前途に疑いがあったりしようと
心臓が止まらないかぎり

Who are you?

F1667, J1614 (1884)

Parting with Thee reluctantly,
That we have never met,
A Heart sometimes a Foreigner,
Remembers it forgot -

しぶしぶおわかれをしてから
あなたとはそれきりです
こころがときどきよそものになって
わすれたことをおもいだします

Who are you?

F1672, J1639 (1885)

A Letter is a joy of Earth -

It is denied the Gods -

手紙とは地上のよろこび
神さまには届きません

＊ディキンスンはたくさんの手紙を知人や親戚にしたためた。
一〇〇〇通以上が現存している。

Who are you?

F1674, J1637 (1885)

Is it too late to touch you, Dear?

We this moment knew -

Love Marine and Love Terrene -

Love celestial too -

ねえ　あなたに触れようとしても手遅れかしら
今頃わたしたちが理解したって
海の愛と大地の愛を
天上の愛だって

Who are you?

F1687, J1654 (?)

Beauty crowds me till I die

Beauty mercy have on me

But if I expire today

Let it be in sight of thee -

美はわたしが死ぬまでわたしをせきたてる
美よ　わたしに憐れみをかけてください
でも　もし今日わたしが死ぬとしたら
あなたが見えるところで死なせてください

Who are you?

F1727, J1680 (?)

Sometimes with the Heart

Seldom with the Soul

Scarcer once with the Might

Few - love at all

心からっていうのは　たまにある
肝に銘じて　めったにない
全力をつくして　いよいよまれである
愛をこめて　ほとんどない

F1747, J1765 (?)

That Love is all there is
Is all we know of Love,
It is enough, the freight should be
Proportioned to the groove.

在るものすべてが愛だということは
わたしたちが愛について知ることのすべてだ
それでもうたくさん　積荷の重さなら
軌跡の深さにあらわれているはずだ

Who are you?

F1752, J1719 (?)

God is indeed a jealous God -
He cannot bear to see
That we had rather not with Him
But with each other play.

かみさまって　やきもちやきね
わたしたちにいらつくなんて
かみさまのおそばにいるよりも
からみあってばかりいるからって

F1767, J1750 (?)

The words the happy say
Are paltry melody
But those the silent feel
Are beautiful -

幸福な人びとがことばを話しています
ありふれたうたです
でも寡黙な人びとが感じているのは
うつくしい言の葉

F1779, J1755 (?)

To make a prairie it takes a clover and one bee,

One clover, and a bee,

And revery.

The revery alone will do,

If bees are few.

草原をつくるのはクローバーと蜜蜂
一本のクローバー　一匹の蜜蜂
そして空想
空想だけでいいとも
蜜蜂がいなくても

Who are you?

F1780, J1740 (?)

Sweet is the swamp with its secrets,
Until we meet a snake;
'Tis then we sigh for houses,
And our departure take
At that enthralling gallop
That only childhood knows.
A snake is summer's treason,
And guile is where it goes.

秘密を隠している沼地は楽しい
蛇と出くわすまでは
そんなときだ　家が恋しくなり
わたしたちが立ち去るのは
幼年時代だけが知っている
あの夢みるような駆け足で
蛇は夏の裏切り
行き先には罠があるので

F1788, J1763 (?)

Fame is a bee.
It has a song -
It has a sting -
Ah, too, it has a wing.

名声は蜂だ
ぶんぶん歌うよ
ぶすりと刺すよ
ああ　しかも飛びまわるよ

エミリ・ディキンスン略年譜

１８３０年　12月10日、アメリカのマサチューセッツ州西部のアマストで、父エドワード・ディキンスンと母エミリ・ノークロスとのあいだに、長女エミリ・エリザベス・ディキンスンが生まれる。兄ウィリアム・オースティン・ディキンスン（１８２９年生まれ）と妹ラヴィニア・ノークロス・ディキンスン（１８３３年）との三人きょうだい。父エドワードは弁護士をしていたが、のちにアマスト大学の理事となり、州議会議員や連邦下院議員を歴任した。

１８４７年（17歳）　アマスト・アカデミーを卒業して、サウスハドレーのマウントホリヨーク女子神学院に入学。

１８４８年（18歳）　8月、マウントホリヨーク女子神学院を中途退学して帰宅。ニューイングランドでのピューリタニズムの信仰復興運動の熱狂の渦のなかで形式的な信仰告白を拒否するなどして寄宿生活になじめなかった。

１８５２年（22歳）　2月、日刊紙「スプリングフィールド・リパブリカン」に「ヴァレンタイン」と題した詩が掲載される。これを含めて、エミリの詩は生前に都合10篇が活字になった。すべて無記名であり、作者に無断で手を入れられていた。

１８５５年（25歳）　妹ラヴィニアとともにワシントンに父エドワードを訪ねたおりに、フィラデルフィアの日曜礼拝でチャールズ・ワズワース牧師（１８１４年生まれ）の説教を聴く。この年にウォルト・ホイットマン詩集『草の葉』の初版が刊行された。

1856年（26歳）弁護士になった兄オースティンが、エミリの友人スーザン・ギルバートと結婚して隣人となる。兄の友人でスプリングフィールド・リパブリカン紙の編集者をしていたサミュエル・ボウルズ（1826年生まれ）との交流が始まる。秋の農産物展示会のパン焼きコンテストで二等賞を獲得する。

1858年（28歳）この頃から詩作の量が増え、清書して保存するようになる。宛先人不明の先生《マスター》に思いを寄せた手紙（1通目）が書かれる。そのまま投函されることもなく、全部で3通の「マスターレター」が没後に発見された。

1860年（30歳）ワズワース牧師がアマストを訪ねる。父の友人のオーティス・フィリップス・ロード判事（1812年生まれ）と知りあう。

1861年（31歳）2通目の「マスターレター」をしたためる。南北戦争が始まる（1865年に終結）。

1862年（32歳）3通目の「マスターレター」が書かれる。黒人奴隷制反対の運動家にして文芸批評家であった牧師のトーマス・ウェントワース・ヒギンスン（1823年生まれ）との文通が始まる。

1865年（35歳）目の治療のため、ボストンとケンブリッジに滞在する。そののち、アマストのディキンスン家の屋敷を離れることは、終生なかったとされる。

1870年（40歳）ヒギンスンがアマストを初訪問。

1873年（43歳）ヒギンスンがアマストを再訪。

1874年（44歳）6月、父エドワードが出張先のボストンで急死する（71歳）。

1875年（45歳）6月、母エミリが脳卒中で倒れて寝たきりになる。

1877年（47歳）12月、オーティス・ロードが妻エリザベス（52歳）に先立たれる。そののち、ロードとの関係が親密になってゆく。

1878年（48歳）1月、サミュエル・ボウルズが死ぬ。

1880年（50歳）ワズワース牧師と再会する。

1882年（52歳）4月、ワズワース牧師が死ぬ。兄オースティンとメイベル・ルーミス・トッド（1856年生まれ）との不倫関係が進行する。11月、母が永眠する（78歳）。

1883年（53歳）10月、甥トーマス・ギルバートが腸チフスで夭折する（8歳）。

1884年（54歳）3月、オーティス・ロードが死ぬ。6月、神経症の発作を起こして倒れる。

1885年（55歳）11月、衰弱がひどくなり、病床につく。

1886年　5月15日、腎臓疾患のため自宅で息を引き取る。55年5カ月の生涯だった。後日、遺品の整理をしていた独身の妹ラヴィニアが木箱におさめられた大量の詩の原稿を発見する。

1890年　トーマス・ヒギンスンとメイベル・ルーミス・トッドの編集によって、最初の『エミリ・ディキンスン詩集』が出版されて話題を呼ぶ。ただし詩句には手を入れられた。

1955年　トーマス・H・ジョンスン編『エミリ・ディキンスン全詩集（集注版）』出版。1775篇を収録。詩人の手書き原稿に見られる、大文字とダッシュの多用、変則的な脚韻と句読法、といった独特な表現をはじめて忠実に再現したテキストは、その後のディキンスン研究の基礎になる。

1958年　トーマス・H・ジョンスン、セオドラ・ウォード共編『エミリ・ディキンスン全書簡集』出版。

1998年　1981年に『エミリ・ディキンスン草稿版』を刊行したラルフ・W・フランクリンの校訂による『エミリ・ディキンスン全詩集（集注版）』が出版される。新発見された詩を含め、1789篇を収録。

あとがき

あなたはエミリ・ディキンスンを知っていますか。

ディキンスンは一九世紀のアメリカの詩人です。一八三〇年にニューイングランドの田舎町アマストの旧家に生まれて一八八六年にアマストの自宅で一生を終えた女性。

生前は詩人として無名の存在でしたが、死後におびただしい量の詩の原稿が発見されたので、世間があっと驚きました。二〇世紀になって作品の文学的評価が飛躍的に高まり、現在ではアメリカを代表する女性詩人と位置づけられています。

ディキンスンは一七歳のとき寄宿制の女子神学院を中途退学してから、人生のほとんどの時間を家族とともに実家で過ごしました。生涯をとおして何かの職業に就いたことも誰かと結婚したこともありません。三〇代後半になると白いドレスを着ることを好むようになり、めったに人前に姿をみせず、家を訪ねてきた人と部屋の扉をへだてて会話を交わしたというエピソードが伝えられているほどです。

長年にわたって、美しい庭のある煉瓦づくりの家にひきこもり、日常の家事の手伝いや趣味のガーデニングなどをして暮らすかたわら、窓から森がみえる二階の寝室でひとしれず自分のことばを紡いで詩や手紙を書きつづけました。

ディキンスンが隠遁者のような生活をみずから選択した理由については、よくわかっていません。見た目は小柄で物静かですが、才気と感受性に富んだ強烈な個性の持ち主だったようです。遺品のなかに恋愛をにおわせる詩や手紙が雑じっていたので、いままでにさまざまな憶測が取りざたされてきました。けれども、うわさの真相は永遠の闇に封じ込められています。

○

この本では、ディキンスンの一八〇〇篇に近い厖大な詩作品から特にごく短い詩ばかりを八〇篇選んで日本語に訳しています。最短はわずか二行、最長でも八行まで。既刊のアンソロジーや文章中の引用などでしばしば見かける有名な短詩もなるべくおさめましたが、どちらかといえば、一般的にそれほど知られていない小品が多数を占めているかもしれません。

翻訳に使用した底本は、R・W・フランクリン編『エミリ・ディキンスン全詩集（読書版）』とトーマス・H・ジョンスン編『エミリ・ディキンスン全詩集』です。

収録した八〇篇について両者の英文テキストを照合した結果、ほとんどの詩がまったく同じ内容だったのですが、いくつかの作品の改行のしかたと句読法に微妙な差異が生じていました。その場合は、私が一篇の詩として読んだときに、より好ましく感じたほうを採っています。

ディキンスンの詩にはタイトルがありません。そこで訳詩と見開きのページに、フランクリン版（F）とジョンスン版（J）のそれぞれの作品番号、制作年、使用した英文テキストを見やすくレイアウトしました。

訳詩は年代順にならべてあります。制作年不明の八篇は最後にまとめました。こうして二〇代後半の活動初期から五〇代前半の早すぎた晩年にかけての短詩をひとつひとつ順番に読み進めてゆくと、ばらばらに分解されたジグソーパズルの細かいピースをふたたび組み立てる作業のように、ひとりの稀有な詩人の心の軌跡がゆっくりと浮かびあがってくるのを目のあたりにする思いがします。

○

ディキンスンの詩の主題については、思いつくままに、自然・愛・人生・死・神・永遠・ことば・時間などを挙げることができます。

ここには身のまわりの自然をいとおしむ抒情詩があり、ひたむきな愛の詩があります。即興的な軽いお遊びの詩があり、意味深長な小話を語って聞かせる詩もあります。哲学的なアフォリズムや皮肉たっぷりの格言詩がつづいたかと思えば、ふと口をついて出た祈りやためいきのような詩句にぶつかることだってあります。たぶん上機嫌のときに書いたとおぼしいユーモラスな詩もあれば、ぼんやりと生きづらさを感じたときに書いたのだろうと想像させる孤独な詩もあります。

あるいは、ささやかな詩が色とりどりの花を咲かせた秘密の庭にいきなり迷いこんだような不思議な戸惑いをおぼえた人がいるかもしれません。どうぞ気の向いたときに散策を試みてください。くれぐれも無理をしないで足のおもむくままに。

ニューイングランドはピューリタニズムの伝統が根深く、ディキンスンも少女の頃から欽定訳聖書と讃美歌に親しんで決定的な影響を受けました。三〇代の頃には、国内で黒人奴隷制の存続の賛否がまっぷたつに割れて足かけ五年にわたる南北戦争が勃発し、彼女の身近なところでも多数の戦死者や負傷者が出ています。

だから「メメント・モリ（死を想え）」というラテン語の教訓を引き合いに出すまでもなく、ディキンスンは自分がいつかかならず死ぬ存在であることを常に意識しながら歴史の片隅でひそかに神経をとがらせていたのではないか。深夜にひとり、私はそんな空想をかきたてて、ゾクッとしたことがあります。

○

ディキンスンは当時としては型破りというか個性的な詩の書きかたをしていました。生前に一〇篇の詩が無記名で活字になりましたが、そのたびに勝手に改作されたことに本人は不満を抱いています。

鳥の足跡の化石にたとえられた独特な筆蹟で書きためた詩の原稿。大文字と小文字の区別が気まぐれ。ダッシュがやたらに多い。省略だらけ。カンマとピリオドの使用に一貫性がない。語彙がなんだか変わっている。あちこちに変則的な押韻が見られる。讃美歌のような韻律が好き。一行の長さがまちまちでも気にしない。

そうした自由奔放な手書き原稿の特徴をありのままに再現したジョンスン校訂版の全詩集が登場したおかげで、ようやくディキンスンの詩の世界をすっきりと見渡すことができるようになったのは、二〇世紀の中頃になってからです。

私がディキンスンの詩を訳すときに特にみずからに課した目標がふたつあります。

ひとつは、日本語の詩として読むに耐える質をそなえた訳詩に少しでも近づける努力をすること。
もうひとつは、いろいろな工夫を凝らして英語の詩のリズムを日本語で表現することをめざすこと。

そのために、ほとんどの訳詩で原詩とおなじ行で脚韻を踏んだり、不規則なダッシュとカンマの使用を楽譜の休符記号に見立てて詩句の途中で一字分を空けたり、あるいは一部の詩をすべてひらがな書きにするといったことを試みていますが、なるべく寛大に受け入れていただけると本当にうれしいです。

これは余談ですが、私が一四歳の夏休みにたまたま手にした薄い文庫本の『ランボー詩集』のなかに、訳者の堀口大學の「訳詩は訳であると同時に詩でもありたい」ということばがありました。そのとき、なんとなくその一節が目に留まって中学の生徒手帳にＨＢの鉛筆で書き写したことを、私は昨日のように記憶しています。

○

この本は、いまから十数年前にひっそりと上梓された『エミリ・ディキンソン詩集　わたしは誰でもない』を改訂増補した新版です。旧版は発行部数がごく少なく、長いあいだ入手困難になっている幻の一冊でした。

じつは、そのなかの「ひとつの心がこわれるのを止められるなら／わたしが生きることは無駄ではない」で始まる全七行の短詩（F982/J919）の訳が、渡辺靖さんの『アメリカン・デモクラシーの逆説』（岩波新書）と落合恵子さんの『自分を抱きしめてあげたい日に』（集英社新書）の二冊の著作に時を前後して引用されました。まったく縁もゆかりもない、どこの誰だかさっぱりわからない、まさに誰でもない人の訳詩をためらわずに引用するのは勇気が要ることです。私は感謝の念とともに思いがけない秘密のよろこびを噛みしめました。

それ以来、ほとんど記憶が薄れた頃に本の在庫の問い合わせが出版社にあったり、ときどき私に宛てた感想や励ましのお便りが届いたりといった偶然がいくつか重なりました。

さらに一昨年の秋のことです。風媒社編集部の劉永昇さんとひさしぶりにお会いして、とりとめのない雑談を交わすうちに瓢箪から駒が出て、ディキンスンの短詩集をふたたび刊行する運びとなりました。

このたび、二〇二〇年からつづく新型コロナウイルスの世界的な感染拡大にともなう外出自粛の日々を過ごしながら、ようやく旧版の内容に加筆して新たに一八篇の訳詩を追加した全八〇篇の短詩集をまとめることができました。訳者のつぶやきのような註もほんの少し増量してあります。

ディキンスンの数多くの作品のなかには、この本におさめられたごく短い簡素な詩ばかりでなく、さらに長くて複雑な構造をもった詩も残されていて、さまざまな角度から光をあてた地道な研究が進んでいます。もし興味をお持ちでしたら、ぜひそちらへも目を向けてください。ディキンスンはいつでもすべての扉を開けてあなたが訪れるのを待っていてくれるはずです。

誰よりもいま、この本を見つけて読んでくださったあなたに、私は心からの感謝をささげます。

川名　澄

二〇二一年春

参考・参照文献について

Thomas H. Johnson, *The Complete Poems of Emily Dickinson.* Little, Brown and Company, 1960

R.W. Franklin, *The Poems of Emily Dickinson, Reading Edition.* Belknap Press of Harvard University Press, 1999

Thomas H. Johnson and Theodora Ward, *The Letters of Emily Dickinson.* Belknap Press of Harvard University Press, 1958

『もし愛がすぐそこにあるのなら エミリ・ディキンスン詩集』中島完訳、小林研三絵（サンリオ、１９８３年）

『エミリ・ディキンスンの手紙』山川瑞明・武田雅子編訳（弓書房、１９８４年）

『エミリ・ディキンスン評伝』トーマス・Ｈ・ジョンスン著、新倉俊一・鵜野ひろ子訳（国文社、１９８５年）

『エミリ・ディキンスン詩集』中林孝雄訳（松柏社、１９８６年）

『エミリィ・ディキンスン　アマーストの美女』ウィリアム・ルース原作、千葉剛訳（こびあん書房、１９８７年）

『エミリの窓から　Love Poetry of Emily Dickinson』武田雅子編訳（蜂書房、１９８８年）

『エミリー・ディキンスン　不在の肖像』新倉俊一著（大修館書店、１９８９年）

『ディキンスン詩集』新倉俊一訳編（思潮社、１９９３年）

『エミリー』マイケル・ビダード文、バーバラ・クーニー絵、掛川恭子訳（ほるぷ出版、１９９３年）

『エミリィ・ディキンスン写真集』ポリー・ロングスワース編著、千葉剛訳（こびあん書房、１９９４年）

『対訳　ディキンソン詩集』亀井俊介編（岩波文庫、１９９８年）

『エミリ・ディキンスン事典』Ｊ・Ｄ・エバウェイン編、鵜野ひろ子訳（雄松堂出版、２００７年）

『ランボー詩集（84刷改版）』堀口大學訳（新潮文庫、２００７年）
『エミリ・ディキンスン家のネズミ』エリザベス・スパイアーズ著、クレア・A・ニヴォラ絵、長田弘訳（みすず書房、２００７年）
『わたしは誰でもない　エミリ・ディキンソン詩集』川名澄編訳（風媒社、２００８年）
『アメリカ子供詩集（オックスフォード版）』ドナルド　ホール編、東雄一郎・西原克政・松本一裕訳（国文社、２００８年）
『ガラガラヘビの味　アメリカ子ども詩集』アーサー・ビナード、木坂涼編訳（岩波少年文庫、２０１０年）
『アメリカン・デモクラシーの逆説』渡辺靖著（岩波新書、２０１０年）
『エミリ・ディキンスンの詩の世界』新倉俊一編（国文社、２０１１年）
『空よりも広く　エミリー・ディキンスンの詩に癒やされた人々』シンディー・マッケンジー、バーバラ・ダナ編、大西直樹訳（彩流社、２０１２年）
『自分を抱きしめてあげたい日に』落合恵子著（集英社新書、２０１２年）
『アメリカン・マスターピース　古典篇』柴田元幸編訳（スイッチ・パブリッシング・２０１３年）
『まぶしい庭へ』エミリー・ディキンスン詩、ターシャ・テューダー絵、カレン・アッカーマン編、ないとうりえこ訳（メディアファクトリー、２０１４年）
『エミリ・ディキンスン　アメジストの記憶』大西直樹著（彩流社、２０１７年）
『完訳エミリ・ディキンスン詩集（フランクリン版）』新倉俊一監訳、東雄一郎・小泉由美子・江田孝臣・朝比奈緑訳（金星堂、２０１９年）

＊和書は刊行年順。

[訳者紹介]
川名　澄（かわな　きよし）
1960年愛知県生まれ。
タゴール『ギタンジャリ（歌のささげもの）』『迷い鳥』、『新編　イソップ寓話』（以上風媒社）、タゴール詩・木下牧子曲『混声合唱とピアノのためのギタンジャリ』（音楽之友社）などの訳書がある。

わたしは誰でもない　エミリ・ディキンスンの小さな詩集

2021年7月27日　第1刷発行　　（定価はカバーに表示してあります）

著　者　　エミリ・ディキンスン
編訳者　　川名　澄
発行者　　山口　章

発行所　名古屋市中区大須 1-16-29
振替 00880-5-5616 電話 052-218-7808　風媒社
http://www.fubaisha.com/

＊印刷・製本／モリモト印刷　　乱丁本・落丁本はお取り替えいたします。
ISBN978-4-8331-2107-1